DU MÊME AUTEUR

Tous mes amis sont des super héros. Naïve, 2007

Andrew Kaufman

Minuscule

Traduit de l'anglais par Nicolas Dickner

Alto

Catalogage avant publication Bibliothèque et Archives nationales du Québec et Bibliothèque et Archives Canada

Kaufman, Andrew, 1968-

[Tiny wife. Français]
Minuscule
Traduction de: The tiny wife.

ISBN 978-2-89694-067-7

I. Dickner, Nicolas, 1972- .II. Titre. III. Titre: Tiny wife. Français.

PS8571.A892T5614 2012 C813'.6 C2012-941522-7
PS9571.A892T5614 2012

Les Éditions Alto remercient de leur soutien financier le Conseil des Arts du Canada et la Société de développement des entreprises culturelles du Québec (SODEC).

Nous remercions le gouvernement du Canada de son soutien financier pour nos activités de traduction dans le cadre du Programme national de traduction pour l'édition du livre.

Les Éditions Alto reconnaissent l'aide financière du gouvernement du Canada par l'entremise du Fonds du livre du Canada pour leurs activités d'édition.

Gouvernement du Québec – Programme de crédit d'impôt pour l'édition de livres – Gestion SODEC.

Titre original : *The Tiny Wife*
Éditeur original : Madras Press 2010
Illustrations : Tom Percival

ISBN : 978-2-89694-067-7

Pour l'extrêmement patiente
et grandissime
Marlo

LIVRE 1

1

Le cambriolage n'avait pas été sans conséquences. Ces conséquences étaient l'objectif même du cambriolage. Il n'avait jamais été question d'argent, le cambrioleur n'avait pas réclamé un sou. Que cela ait eu lieu dans une banque était d'ailleurs accessoire. Cela aurait tout aussi bien pu se passer dans une gare de chemin de fer, ou une école, ou au musée d'Orsay. Ce n'était pas la première fois que cela arrivait, et ce ne serait pas la dernière. Quoi qu'il en soit, la chose se produisit peu après quinze heures, le mercredi 21 février, à la succursale 117 de la British Bank of North America.

La banque était située au coin des rues Christie et Dupont, au centre-ville de Toronto. Lorsque le cambrioleur fit son entrée, treize personnes se trouvaient à l'intérieur : deux caissières, le directeur adjoint, et dix clients qui faisaient la file. Le cambrioleur portait un extravagant chapeau violet et brandissait un pistolet. Ayant un faible pour les effets dramatiques, il tira un coup de feu en l'air. Des miettes de plâtre tombèrent du plafond et se prirent dans la fourrure synthétique de son chapeau. Tout le monde resta tranquille. Personne ne fit un geste.

—Bien qu'il s'agisse d'un cambriolage...

Le cambrioleur avait un accent britannique prononcé, le genre d'accent qui rend les Nord-Américains légèrement honteux. Il secoua la tête et un nuage de plâtre s'éleva dans les airs.

— ... je n'exigerai qu'une seule chose de chacun d'entre vous : l'objet présentement en votre possession qui a la plus grande valeur sentimentale.

D'un geste du pistolet, il invita le personnel à venir se joindre aux clients. En tête de file se tenait David Bishop, un homme court et rond comme un manchot, âgé de quarante-cinq ans, et qui tremblait légèrement. Le cambrioleur s'approcha de lui au point d'effleurer ses cheveux avec le rebord de son chapeau.

— Alors ? demanda le cambrioleur.

David plongea la main dans son veston, saisit son portefeuille et en sortit plusieurs centaines de dollars.

— Vous voulez me faire croire que cet argent a une grande valeur sentimentale à vos yeux ?

David Bishop ne savait que faire. Il tenait toujours les billets bien haut. Le cambrioleur appuya son pistolet contre la tempe gauche de l'homme.

— Comment vous appelez-vous ?

— David. David Bishop.

— David David Bishop, déchirez cet argent en petits morceaux, et lancez les morceaux en l'air.

Après une brève hésitation, David fit ce que le cambrioleur ordonnait. Les morceaux de billets tourbillonnèrent jusqu'au sol.

— Maintenant, David, réfléchissez bien. Vous jouez gros là-dessus. Quel est l'objet le plus significatif, le plus prodigieusement chargé de souvenirs que vous ayez en votre possession en ce moment ?

David Bishop indiqua, à son poignet, une montre bon marché.

—Essayez de me convaincre.

—Ma mère me l'a donnée, il y a plusieurs années, quand je suis parti à l'université. Je viens juste de la faire réparer et j'ai recommencé à la porter.

—Voilà, c'est beaucoup mieux! s'exclama le cambrioleur. Il retira le pistolet de la tête de David Bishop, et la montre de son poignet.

—Et maintenant, allez vous coucher par terre de ce côté-là.

David obéit.

Avec un geste du pistolet, le cambrioleur invita la personne suivante à s'avancer. Elle s'appelait Jenna Jacob. Elle tenait dans sa main une paire de boucles d'oreilles en diamant. Elle les glissa dans sa poche, fouilla dans son sac à main et en tira deux photos froissées.

—Très mignons, fit le cambrioleur. Quel âge?

—Dix et treize ans.

—Jamais vous n'aurez aussi bien mesuré combien vous les aimez.

Jenna Jacob hocha la tête et, sans attendre, alla s'allonger près de David Bishop.

Ma femme était la suivante dans la file. Je n'y étais pas, bien sûr, mais elle m'a raconté cette histoire —

et toutes les autres histoires — si souvent, et avec tant de détails, que je n'ai pas seulement l'impression d'avoir été là : je commence à le croire. Je me rappelle comment Stacey se redressa avant d'avancer.

— Vous ressemblez tellement à mon frère, dit-elle.
Et c'était vrai. Le cambrioleur avait le même nez busqué, et des yeux d'un bleu pâle qui trahissaient un mélange d'arrogance et de détresse.

— Désolé, mais ça ne vous exempte pas.

— Vous n'êtes pas obligé de faire ça, vous savez.

— Peut-être bien que non. Mais il est plus probable que je doive le faire.

— Pourquoi ?

— Vous verrez.

— Ça vous rend heureux ?

— Ça donne un sens à ma vie.

Ma femme hocha la tête, fouilla dans son sac à main et en sortit une calculatrice.

— Je l'utilisais durant mon cours *Analyse de variables*, au moment où celui qui allait devenir mon mari est venu s'asseoir à côté de moi. Je l'ai utilisée pour l'aider à faire ses devoirs. Bien plus tard, je l'ai utilisée pour déterminer la nuit où j'étais tombée enceinte, et le jour où j'allais accoucher. Je l'ai utilisée pour calculer notre hypothèque, et pour décider si nous pouvions nous permettre une deuxième voiture ou un deuxième enfant. Il n'y a pas une seule décision importante de ma vie que j'aie prise sans elle.

Et tout cela était vrai. Aucun objet n'avait une plus grande valeur sentimentale à ses yeux. Mais l'importance de cette calculatrice ne se bornait pas aux décisions qu'elle avait servi à prendre : ma femme adorait les mathématiques. Elles donnaient un sens à sa vie, elles donnaient un sens au monde.

Avec un long soupir, elle déposa la calculatrice dans la main tendue du cambrioleur.

—Y aura-t-il une manière de la ravoir?

—J'ai bien peur que non. Et ça fait combien de temps?

—Je l'ai eue en première année.

—Non, votre mari.

—Sept ans.

—Et vous l'aimez encore?

—Je crois, oui.

—Des enfants?

—Un seul.

Le cambrioleur hocha la tête. Il fit un geste du pistolet et Stacey alla se joindre à ceux qui étaient couchés au sol.

Le cambrioleur continua à faire défiler les gens. Daniel James donna la photo de mariage des parents de sa femme, qu'il devait porter à la restauration. Jennifer Layone donna un exemplaire corné de *L'étranger* d'Albert Camus. Sam Livingstone, le directeur adjoint, qui était le dernier de la file, tendit le talon de chèque de sa toute récente promotion.

Lorsqu'il eut pris un objet à chaque personne qui se trouvait dans la pièce, le cambrioleur recula vers la sortie. Il marqua une pause sur le pas de la porte.

— Mesdames et messieurs, votre attention je vous prie.

Personne ne se leva, mais tous dressèrent la tête.

— J'ai découvert que la vaste majorité d'entre vous croyez que votre âme — pour peu que vous pensiez en avoir une —, que votre âme repose dans votre for intérieur comme un lingot d'or. Je suis ici pour vous annoncer que rien ne saurait être plus erroné. Votre âme est organique, vivante. Elle n'est pas très différente de votre cœur ou vos jambes. Et tout comme votre cœur oxygène votre sang, et que vos jambes vous transportent, votre âme vous permet d'accomplir des choses magnifiques. Il s'agit cependant d'une étrange machine, qui doit être constamment ravivée. En temps normal, cela se produit lorsque l'on accomplit ces choses magnifiques, un peu comme une batterie de voiture qui se recharge pendant que l'on conduit.

Le cambrioleur fit une pause, mit son nez dans son coude et éternua.

— Excusez-moi, fit-il en regardant sa montre. J'abuse vraiment des métaphores aujourd'hui. Écoutez, je suis un peu pressé, alors permettez-moi de conclure. En sortant d'ici, je vais emporter 51 % de votre âme avec moi. Cela va se traduire par d'étranges conséquences dans vos vies. Mais voici le plus important — et il ne s'agit pas d'une métaphore : apprenez à faire repousser votre âme, ou vous mourrez.

La banque était plongée dans le silence. Le cambrioleur jeta son chapeau en l'air et, avant même que le couvre-chef ne touche le sol, il était parti.

2

La première manifestation se produisit six heures plus tard et toucha Timothy Blaker, qui était septième dans la file, quatre places derrière ma femme. Il avait vingt-sept ans et travaillait comme chauffeur d'autobus. Il avait donné au cambrioleur une bague de fiançailles, dont il avait d'ailleurs été heureux de se débarrasser. Il avait cette bague sur lui depuis dix-sept mois, depuis la nuit où Nancy Templeman, sa petite amie depuis deux ans et demi, l'avait refusée.

Timothy n'avait pas vu Nancy et ne lui avait pas parlé depuis cette demande en mariage ratée, si bien que lorsqu'il ouvrit la porte, deux arrêts à l'est de Shaw, dans la rue College, et qu'elle monta à bord, il fut étonné de la voir. Nancy tendit la main, mais ne déposa pas de monnaie. À la place, elle plongea la main dans la poitrine de Timothy et en retira son cœur. Elle le tint devant lui. Il le regarda battre. Le bus ronronnait toujours. Elle redescendit les marches au pas de course et sauta dans une Ford Mustang jaune.

Elle enfonça l'accélérateur, et les pneus crissèrent dans un nuage de fumée. Timothy Blaker se lança à sa poursuite.

Le bus n'était pas aussi maniable que la puissante voiture, mais Timothy, n'ayant plus de cœur, conduisait sans la moindre peur et parvenait à coller au train de la Mustang. Les passagers n'osaient pas se lever, regardant avec effroi les arrêts défiler. Ils roulaient rue Lakeshore en direction est, juste sous l'autoroute Gardner, lorsque le bus arriva à la hauteur de la voiture. Ils étaient au coude à coude. Ils brûlèrent plusieurs feux rouges, mais des bétonnières barraient l'intersection Lawrence et ils durent s'arrêter. Plusieurs passagers se levèrent, affolés, mais personne n'osa s'aventurer à l'avant du bus.

Les bétonnières dégagèrent l'intersection. Timothy ouvrit la porte et s'élança, atterrissant sur le capot de la Mustang.

Il regarda au travers du pare-brise. Il pouvait voir son cœur battre sur le siège du passager. Nancy donna des coups de volant, et il se sentit projeté à droite et à gauche. Le bout de ses doigts le faisait souffrir mais il tenait ferme, et c'est alors qu'elle écrasa la pédale de frein.

Timothy fut projeté sur l'asphalte, où il roula trois fois sur lui-même avant d'enfin s'immobiliser.

Son coude saignait et une longue coupure s'ouvrait juste sous son œil. Il sauta sur ses pieds, et un éclair de douleur traversa sa jambe droite. La Mustang était à cent mètres de là, braquée vers lui. Il regarda Nancy. Elle le regarda. Le moteur rugit et les pneus crissèrent.

Timothy ne bougea pas. La Mustang 1964 jaune accélérait. Elle se trouvait à cent mètres, puis à cinquante, puis à vingt. Il ne s'enfuit pas, ne ferma pas les yeux. Il resta là, les yeux fixés sur la Mustang — et se tenir ainsi, campé sur ses positions, lui donna le sentiment d'être fort. Plus l'automobile approchait, plus le danger grandissait, et plus il se sentait fort. La Mustang se rapprochait de plus en plus. Timothy ne broncha pas, et lorsqu'il ne resta plus que dix mètres, Nancy freina. L'automobile s'arrêta brusquement et le cœur de Timothy fut éjecté du siège : il traversa le pare-brise, imprimant dans le verre un trou en forme de cœur, et il vola directement dans sa poitrine.

3

Trois jours après le cambriolage, et quelques minutes à peine après que nous eûmes réussi à endormir Jasper, le téléphone sonna. Il s'agissait de notre ligne domestique, que nous laissions généralement sonner jusqu'à ce que l'appel tombe sur la boîte vocale, mais Stacey se précipita pour répondre. Elle expliquerait par la suite que le timbre lui avait semblé urgent — une alarme, et non une simple sonnerie.

Il s'agissait du détective William Phillips, qui avait été neuvième dans la file et avait donné au cambrioleur une vieille clé. Il demanda à Stacey si elle avait noté quoi que ce soit de bizarre dans sa vie, des événements inédits, voire inexplicables. Elle lui demanda d'élaborer. Il expliqua avoir reçu, au cours des vingt-quatre heures précédentes, les aveux de deux maris qui prétendaient avoir assassiné leur femme. Chacun de ces cas impliquait une personne qui s'était trouvée à la succursale 117 au moment du cambriolage.

Stacey demanda plus de détails, et le détective Phillips lui raconta les histoires suivantes.

* * *

Deux jours après le cambriolage, Daniel James, qui avait été cinquième dans la file et avait donné au cambrioleur une photo de mariage de ses beaux-parents, était en train de mettre ses souliers lorsque son lacet droit se rompit. Il enfila sa seconde paire de souliers noirs, mais le lacet gauche cassa. Il changea son complet pour un autre, plus pâle, mais alors qu'il attachait son soulier marron droit, le lacet se rompit lui aussi. Il regarda le bout de lacet dans sa main. Il regarda les bouts de lacet sur le plancher.

—Je dois te quitter, dit-il à sa femme, mais elle était déjà partie.

* * *

Le même jour, à son réveil, Jenna Jacob s'aperçut qu'elle était faite en bonbon. Elle remarqua le phénomène en découvrant, au fond de la douche, une pellicule blanche qui s'écoulait en tourbillonnant dans le drain.

Abasourdie, Jenna ferma le robinet et essuya la buée qui recouvrait le miroir. Sa peau était en sucre blanc, mouchetée de menthe. Ses cheveux étaient en réglisse. Ses yeux étaient des caramels. Plus elle fixait son reflet et moins cette version d'elle-même lui semblait étrange. Elle enroula ses cheveux de réglisse dans un foulard, mit des verres fumés devant ses yeux de caramel, et descendit au rez-de-chaussée. Ses fils, âgés de dix et treize ans, notèrent à peine la différence.

Lorsque ses enfants rechignèrent à manger leur déjeuner, elle frotta ses mains l'une contre l'autre au-dessus des bols de céréales, saupoudrant de sucre leurs Shreddies. Lorsqu'ils refusèrent de s'habiller et de monter à bord de l'automobile, elle cassa ses petits doigts et s'en servit afin de les amadouer. Et lorsqu'elle les déposa à l'école, ils l'embrassèrent avec un enthousiasme inhabituel.

Jenna retourna chez elle, prit un congé de maladie et passa la journée devant la télévision. Peu après vingt et une heures, son mari revint à la maison.

—Désolé d'arriver aussi tard. C'est encore la faute du compte Meyer. Pourquoi fait-il noir comme ça? Est-ce qu'il y a quelque chose à manger?

Jenna tapota le coussin à côté d'elle. Son mari s'assit et embrassa ses lèvres de sucre. Il embrassa son cou et ses bras et son visage. Il l'embrassa partout sur le corps, tandis qu'ils montaient à l'étage.

—Je pourrais te manger tout rond, dit-il.

Ce qu'il fit, emporté par la passion.

* * *

—Vous vous moquez de moi? entendis-je ma femme demander.

—Non, malheureusement. J'ai découvert plusieurs autres cas. Un à Halifax, trois dans le sud des États-Unis, et d'autres à Lille, à Barcelone et à Winnipeg. Toujours le même *modus operandi*: le chapeau mauve, les objets avec une valeur sentimentale, tout le bataclan. Vous êtes en danger.

—Ah oui?

—Il y aura une réunion de tous les survivants, tous ceux qui étaient à la succursale 117, lundi prochain à

19 h 15, à l'Église Unie St. Matthew's. Je ne saurais trop insister sur l'importance d'y assister.

—Hé bien! Merci pour votre appel, dit ma femme. Elle raccrocha, mais sa main demeura sur le téléphone.

4

Je me brossais les dents dans la salle de bains lorsque Stacey m'appela, et il y avait une telle insistance dans sa voix que je traversai dans la chambre avec ma brosse à dents. Stacey se tenait face au miroir, le regard fixé sur le col d'un tee-shirt qu'elle portait souvent pour dormir. Elle me fit remarquer combien il paraissait ample. Son col tombait si bas qu'il dévoilait la naissance de ses seins.

— C'est n'est rien de grave, dis-je en l'enlaçant de dos.

Je voulus embrasser son cou, mais elle se dégagea en se tortillant.

— Je rétrécis.

— Tu ne rétrécis pas.

— Tu ne veux pas m'écouter.

— Ça ne pourrait pas simplement être le lavage ?

— Je le sens même à l'intérieur. Je rétrécis.

— Ce type t'a mis ça dans la tête, et maintenant tu t'imagines des choses.

— Juste pour une fois, est-ce que tu pourrais ne pas mettre en doute tout ce que je dis ?

Je m'assis sur le lit. Un galon à mesurer traînait sur la table de chevet, laissé là à la suite à des discussions de rénovations. Je le saisis avec ma main libre.

— Pourquoi on ne te mesurerait pas ?

— Je ne sais pas quelle taille je faisais avant.

— C'est indiqué sur ton permis de conduire.

— C'est vrai.

Elle descendit au rez-de-chaussée en courant et revint avec son permis de conduire et un crayon. Je déposai ma brosse à dents à la place du galon à mesurer. Je m'assurai que les genoux de Stacey étaient tout contre le cadre de porte, j'abaissai ses cheveux et traçai une ligne noire sur le blanc du mur. Nous déroulâmes le galon à mesurer.

— Cent cinquante-neuf centimètres.

— Oh mon Dieu.

Stacey me tendit son permis. Il indiquait une taille de cent soixante centimètres.

— Ils ont pu faire une erreur, dis-je. Peut-être que nous devrions mesurer encore?

Je m'approchai de la porte. Je mesurai à nouveau. Sa taille exacte était de cent cinquante-neuf centimètres et un millimètre. Je regardai le permis de conduire. Il indiquait bel et bien cent soixante centimètres. Stacey était assise sur le lit, le regard fixé au mur.

5

Le lendemain matin, nous la mesurâmes de nouveau. Elle appuya ses talons contre le cadre de porte et se redressa. J'abaissai ses cheveux et m'assurai que le crayon était bien droit. Je traçai une seconde ligne noire sur le blanc du mur. Stacey fit un pas en avant et je pris la mesure.

Je décidai d'être aussi précis que possible, et je mesurai au millimètre près. Ce que je découvris n'annonçait rien de bon. La veille, Stacey faisait 1 591 millimètres ; maintenant, elle n'en mesurait plus que 1 581, une perte de 10 millimètres au cours de la nuit et de 19 millimètres en tout et pour tout.

Nous nous assîmes sur le bord du lit. Ses pieds ne touchaient pas le sol. Je n'arrivais plus à me souvenir si c'était le cas auparavant. Je tournais et retournais le galon à mesurer dans ma main. Stacey regardait le plancher, et moi je regardais Stacey.

Le reste de la journée fut consacré à mesurer des choses. Stacey et moi étions gagnés par une sorte d'obsession. Nous mesurâmes la longueur de notre lit, la distance entre le couvre-lit et le plancher, et l'espace qui séparait les rideaux. Nous mesurâmes nos incisives et la circonférence de nos cous. Nous sortîmes mesurer la longueur totale des fissures dans le trottoir en face de notre maison, et la longueur moyenne des mégots de cigarettes. Nous mesurâmes tout cela, et nous fîmes de même le jour suivant avant d'aller chercher Jasper à la garderie et de nous rendre directement à l'Église Unie St. Matthew's.

Je garai la voiture de l'autre côté de la rue. Jasper se mit à pleurer.

— Il vaut mieux que j'y aille, je suppose, dit Stacey.

Mesurant l'inquiétude dans sa voix, j'opinai.

Stacey se pencha entre les sièges et embrassa Jasper. Cela calma momentanément ses pleurs, mais il se remit à sangloter de plus belle lorsqu'elle sortit. Elle monta sur le trottoir sans enthousiasme, et grimpa les marches de l'église. Ses manches de chandail et les revers de son pantalon étaient roulés plusieurs fois. Elle se retourna vers nous par deux fois, afin de regarder Jasper.

Je tiens de Stacey le compte rendu qui suit. Je n'ai aucune raison de croire qu'elle m'ait raconté autre chose que la vérité, mais je dois admettre que je n'ai été témoin d'aucun de ces événements. Sa première impression, me raconta-t-elle, était que ce sous-sol d'église, avec son linoléum défraîchi, son plafond bas et son éclairage fluorescent, constituait l'endroit idéal pour un groupe de soutien. Des chaises pliantes avaient été dépliées et placées en cercle, et on avait posé une pile de gobelets jetables près d'un percolateur géant plein de café. Il ne manquait qu'une seule chose : tout le monde. Stacey était pile à l'heure, mais même le détective Phillips manquait à l'appel.

Stacey se versa un café et ajouta un sucre, qu'elle brassa avec un bâtonnet en plastique. À droite de la cafetière étaient étalés des badges et plusieurs crayons-feutres. Stacey déboucha un feutre, mais elle hésita au moment même où la pointe touchait le carton. Un rond d'encre se forma dans le coin supérieur gauche du badge. Lorsqu'elle déplaça à nouveau le crayon, ce ne fut pas pour inscrire *Stacey*, mais *Calculatrice*. Alors qu'elle apposait l'autocollant sur sa poitrine, elle entendit quelqu'un descendre les escaliers.

Les pas, lourds et rapides, étaient ceux d'une femme. Elle atteignit le bas de l'escalier, mais ne s'arrêta pas pour se présenter. Elle saisit la première chaise pliante du bord et la traîna à travers la pièce jusqu'au mur ouest où, tout en haut, une petite fenêtre donnait sur la rue. La femme grimpa sur la chaise et regarda par la fenêtre. Des bruits de pas se rapprochèrent, puis s'éloignèrent, et alors elle sembla mieux respirer. Elle sauta de la chaise et alla rejoindre Stacey près de la cafetière.

Stacey fit mine de s'occuper de son badge afin de pouvoir observer la femme à la dérobée. Ses vêtements étaient froissés, déchirés et sales. Elle semblait très fatiguée, et sentait vaguement la sueur. Il fallut un bon moment à Stacey pour reconnaître la femme qui se trouvait quatre places derrière elle, dans la file, et qui avait donné au cambrioleur une enveloppe ouverte, le genre qu'on utilisait pour envoyer des lettres. Le cambrioleur l'avait prise sans poser de question.

La femme jeta un coup d'œil à la poitrine de Stacey, déboucha un feutre et inscrivit *Enveloppe* sur un badge. Elle le colla sur sa poitrine.

— Où est tout le monde ? demanda-t-elle.

— Aucune idée.

Elles s'assirent côte à côte dans le cercle de chaises pliantes dépliées. Dix minutes passèrent, puis le détective Phillips descendit les escaliers. Il sentait la cigarette. En voyant leurs badges, il alla à la table, écrivit *Clé de la porte avant* sur un autocollant qu'il posa sur sa poitrine. Il se versa un café et alla les rejoindre.

La suivante à descendre l'escalier fut Jennifer Layone, puis Sandra Morrison, et finalement Grace Gainsfield. David Bishop arriva cinq minutes plus tard, et Diane Wagner cinq minutes après. Ils étaient assis tous les sept dans le cercle que formaient les treize chaises. Ils attendirent encore quinze minutes. Personne ne disait un mot, et ils fixaient tous le plancher.

—Je suppose que nous devrions commencer, fit le détective Phillips.

—Est-ce que je peux? dit Jennifer Layone.

Tout le monde leva les yeux du plancher et la regarda. Elle avait la mi-vingtaine, portait des lunettes avec d'épaisses montures noires, le visage encadré par des cheveux blonds taillés aux épaules. Elle avait une longue jupe à volants et des bottes achetées d'occasion.

—Ça va vous sembler très, très étrange...

* * *

Le jeudi 22 février, le lendemain du cambriolage, alors qu'elle cherchait la télécommande sous le sofa, Jennifer Layone trouva Dieu. Il ressemblait exactement à ce qu'elle imaginait —longue barbe blanche, tunique, sandales, tout le bazar. En revanche, il était vraiment sale (il y avait pas mal de poussière sous le divan). Puisqu'elle devait faire du lavage de toute façon, Jennifer l'emporta avec elle à la buanderie.

Elle le mit dans une laveuse. Comme elle risquait de manquer de pièces de vingt-cinq cents, elle le lava avec une brassée de jeans. Elle avait dû oublier de vérifier le contenu des poches, puisque Dieu ressortit couvert de miettes de mouchoir. Il était visiblement déçu. Il refusait de regarder Jennifer dans les yeux et il quitta la buanderie sans dire au revoir. En fin de compte, elle ne se sentait pas plus proche de Dieu qu'elle ne l'avait été avant le cambriolage.

* * *

Jennifer Layone conclut son histoire dans le plus grand silence. Au fond de la salle, un radiateur faisait entendre son cliquetis.

—Mais voilà, continua-t-elle, depuis ce temps-là, je n'ai pas arrêté de le chercher. Pas tout le temps, non, mais peu importe ce que je fais, que je sois au travail ou en ville, je le cherche. Je m'attends à tomber dessus à l'arrière du bus, ou entre deux dossiers, dans le classeur, ou bien derrière le lait, dans le frigo. Et même s'il n'est jamais là, ça me suffit. C'est tout ce dont j'ai besoin.

Jennifer regarda ses mains. Le radiateur continuait à produire son cliquetis. La femme qui avait écrit *Enveloppe* sur son badge se leva. Sa chaise bascula vers l'arrière.

—C'est tout? hurla-t-elle. Il ne t'est rien arrivé d'autre?

Et, aussi brusquement qu'elle avait parlé, elle se tut. Pétrifiée, elle regardait en direction de l'escalier. Tout le monde se retourna pour voir ce qu'elle regardait, et juste à ce moment, un lion dévala les marches.

Le lion s'arrêta en face de la cafetière. Il passa une langue rose sur ses lèvres noires. Il renifla l'air, se tourna vers la femme dont le badge portait le mot *Enveloppe*, et bondit vers elle.

* * *

Trois jours après le cambriolage, trois mois et cinq jours après qu'elle eut quitté celui qu'elle fréquentait depuis six ans, Dawn Michaels traversait le salon de son nouvel appartement lorsqu'elle sentit une douleur fulgurante dans le bas de la jambe. Foudroyée, elle agrippa son mollet à pleines mains en se roulant sur le plancher. Jamais elle n'avait ressenti une telle douleur. Elle hurlait, les mains autour du mollet et les yeux fermés. La douleur provenait du tatouage de lion situé juste au-dessus de sa cheville.

Le tatouage datait presque exactement de trois mois, et il avait servi à célébrer le courage inédit grâce auquel Dawn avait pu quitter son copain. Il venait à peine de cicatriser. Du sang imbibait sa chaussette, et le tatouage bondit de sa peau.

Il dégageait une odeur musquée et, pendant un bref instant, Dawn se remémora le cirque où sa grand-mère l'avait emmenée lorsqu'elle avait six ans.

Les yeux du lion étaient sombres et ses pupilles, taillées en fente, étaient effrayantes. Il n'était pas vert et doré comme le tatouage, mais jaune, orange et noir, plus vrai que nature. Il grossit et grossit jusqu'à atteindre sa pleine grandeur. Il se tenait en face d'elle, sa crinière ondulant dans la brise qui entrait par la fenêtre du salon. Dawn pouvait sentir son haleine aigre sur son visage.

Les yeux du lion s'amincirent. Il s'approcha. Dawn détala. Elle courut aussi vite qu'elle le pouvait, le lion à ses trousses. Ni l'un ni l'autre n'avait arrêté depuis.

* * *

—Par ici! hurla Stacey.

Elles traversèrent le cercle de chaises et franchirent une porte qui menait à une cuisine de taille industrielle. Stacey ferma la porte et s'y appuya de tout son poids. Le lion chargea. La porte trembla, mais Stacey réussit à la maintenir fermée.

—Par là, fit Stacey.

Elle désigna du menton une sortie de secours située à l'autre extrémité de la cuisine, tout en s'arc-boutant contre la porte.

— Comment tu t'appelles ?

— Dawn.

— Moi, c'est Stacey.

Le lion glissa la patte droite dans la porte entrebâillée, toutes griffes dehors.

— Il faut que tu te sauves, maintenant, Dawn.

Dawn s'enfuit en courant. Le lion fonça dans la porte, projetant Stacey au sol. Il s'élança à travers la cuisine en grognant et se rua en dehors de l'église, ignorant totalement Stacey. Elle se releva, épousseta ses vêtements du revers de la main et retourna dans la salle de réunion.

— Devrions-nous..., commença le détective Phillips.

Il fit une pause.

— Nous devrions nous réunir un autre jour, suggéra Stacey. Demain, ça irait?

Les autres hochèrent vigoureusement la tête.

6

Toutes les personnes présentes à la succursale 117 au moment du cambriolage ne connurent pas un sort désagréable ou tragique. Dans plusieurs cas, les manifestations ne furent ni accablantes, ni dévastatrices : elles ne changèrent presque rien. C'était le cas de Sam Livingstone, qui venait d'être promu directeur adjoint de la banque. Bien qu'il eût pris congé pour l'après-midi, à la suite du cambriolage, il s'était présenté au travail dès le lendemain.

Assis sur sa chaise, Sam tournoyait dans le sens des aiguilles d'une montre. Il n'arrivait pas à comprendre pourquoi on l'avait promu. Il n'avait pas l'impression de l'avoir mérité. Depuis sa promotion, il était resté assis sur cette chaise, dans son nouveau bureau, totalement incapable d'accomplir quoi que ce soit. Il ferma ses yeux et s'imagina sous l'eau. Lorsqu'il rouvrit les paupières, il y était. Le bureau au complet se trouvait sous l'eau. Tout était à sa place, rien n'avait changé, mais le bureau était sous l'eau. Le téléphone sonna. Il décrocha le combiné et nota à quel point il semblait léger.

—Sam Livingstone, fit Sam.

—Sam ? demanda Tim.

Tim et Sam avaient reçu leur promotion en même temps.

— Ça va te paraître…

— Mon bureau est sous l'eau lui aussi.

— Vraiment ?

— Ouais.

— Qu'est-ce qu'on devrait faire ?

Quelque chose frappa contre la porte du bureau de Sam.

— Je vais devoir te rappeler.

Sam bondit de sa chaise, nagea par-dessus son bureau et déverrouilla la porte. Son nouveau patron flottait entre deux eaux, dans le corridor.

— Pourquoi cette porte est-elle verrouillée ?

— J'avais besoin de me concentrer.

— Je vois. Sur quoi travailles-tu ?

— L'affaire Barkhouse.

— L'affaire Barkhouse ? Je pensais que tu t'occupais de Samuelson.

— Nan, toujours Meyers.

— Faut boucler ça.

— J'ai presque terminé.

Le patron de Sam hocha la tête, pivota et s'éloigna à la nage. Sam regarda sa montre. Il était 11 h 30.

Après le dîner, Sam découvrit qu'il pouvait flotter. Il se laissa flotter jusqu'au plafond. C'était génial, on avait l'impression de voler.

Il sortit de son bureau à la nage. Il exécuta une longue et gracieuse pirouette depuis le plafond jusqu'au photocopieur, puis du photocopieur au plafond. Les caissières feignirent de ne pas le voir.

Vers 15 h 30, Sam retourna dans son bureau. Il verrouilla sa porte et s'assit dans sa chaise. Une heure plus tard, il terminait l'affaire Meyers et l'envoyait à son patron par courriel.

Juste après avoir cliqué sur le bouton *Envoyer*, Sam accrocha quelque chose sous son bureau. Il jeta un coup d'œil et, pour la première fois, remarqua un gros bouchon vissé dans le plancher. Il tira dessus, par curiosité. Le bouchon ne bougea pas. Il l'attrapa à deux mains et tira encore. Le bouchon se dégagea et Sam retomba dans sa chaise. L'eau commença à s'écouler par le trou. Dix minutes plus tard, il n'en restait plus une goutte.

* * *

Neuf jours après le cambriolage, alors qu'elle était assise seule à une table pour deux dans un restaurant bondé, Sandra Morrison fut soudainement convaincue que son cœur était une bombe, et qu'il allait sauter dans dix minutes. Elle savait qu'il s'agissait d'une idée absurde, et pourtant ses paumes devinrent moites et ses joues s'empourprèrent. Son rythme cardiaque s'accéléra, ce qui accentua son inquiétude.

Sandra regarda sa montre et réalisa que trois minutes s'étaient déjà écoulées. Elle s'imagina exploser : son sang éclaboussant les délicats rideaux jaunes et imbibant l'étoffe grise de la robe que portait sa voisine de droite, des lambeaux de son cœur et de sa cervelle atterrissant dans les bols de soupe du jour. Les battements de son cœur s'accélérèrent encore.

Sandra consulta sa montre une fois de plus. Il restait trois minutes. Elle pouvait entendre battre son cœur. Il lui fallait prendre une décision. Elle était certaine d'exploser et de tuer tout le monde autour d'elle si elle ne quittait pas le restaurant. Mais elle était tout aussi convaincue que le fait de se lever et de courir rendrait la menace réelle — que son cœur n'exploserait que si elle cédait à cette peur.

Elle regarda sa montre. Il restait une minute. Elle regarda l'aiguille balayer le cadran. Elle se leva. Se rassit. Écarta sa chaise et s'éloigna de deux pas, et revint s'asseoir en courant. Elle ferma ses yeux, s'accrocha à la table, serra les dents.

— Tout le monde au plancher ! hurla-t-elle.

Rien ne se produisit.

LIVRE 2

7

En ce soir du mercredi 28 février, huit jours après le cambriolage, nous aurions eu de nombreuses raisons de ne pas assister à notre thérapie de couple. Nous venions tout juste de mettre Jasper au lit après une longue lutte. Nous étions tous les deux vidés et il semblait répétitif et contre-productif d'aller parler de notre mariage, dont les bases étaient chambranlantes même avant le cambriolage. Nous étions exténués par ces deux années à surveiller sa chambre, tard dans la nuit, convaincus qu'il avait cessé de respirer, exténués par son incapacité à trouver le sommeil, exténués par notre propre manque de sommeil, exténués par cet entraînement au sommeil qui n'en finissait plus. Nous étions épuisés de ces discussions à propos de qui-ne-portait-pas-sa-part-du-fardeau, et d'avoir constamment à décider si nous allions avoir un autre enfant, et de nous demander quotidien-nement si nous étions de bons parents et si nous étions toujours amoureux l'un de l'autre. Mais la gardienne venait d'arriver, alors nous y sommes allés.

Notre thérapeute était une femme âgée qui s'appelait Jeanne Roberts. Ses longs doigts, ses cheveux gris aux épaules et ses oreilles charnues et légèrement pointues lui donnaient un air nettement elfique. Trois ans plus tôt, lorsque nous avions commencé à la voir, cette ressemblance avec un elfe l'avait rendue attachante. À plusieurs occasions, cela avait contribué à notre persévérance. Mais en ce mercredi 28 février, alors que Stacey venait de perdre vingt-huit millimètres en l'espace d'une nuit, quatre-vingt-trois millimètres au total, notre thérapeute avait seulement l'air stupide.

Nous étions tous les trois assis dans son minuscule cabinet. Je regardais les pieds de Stacey balancer au-dessus du tapis. Après quinze minutes de notre session d'une heure, personne n'avait pris la parole.

— Vous avez l'air triste, Stacey, dit finalement Jeanne.

Elle ne fit aucune mention du rétrécissement de Stacey, bien qu'il fût devenu évident. Stacey refusait toujours d'acheter de nouveaux vêtements, et ce qu'elle portait faisait plusieurs tailles de trop.

— Évidemment que je suis triste.

— Évidemment, ai-je répété.

— Vous aimeriez dire quelque chose, David ?

— Non. Désolé. Ça va.

— Ça n'a pas l'air d'aller.

— Évidemment, elle est fatiguée ! ai-je lancé.

Ma voix était plus dure que je ne l'avais voulu, et j'aurais aussi bien pu arrêter là, mais je continuai.

— Elle est toujours fatiguée. Moi, je n'ai jamais le droit.

— Adressez vos commentaires à Stacey, pas à moi.

— Tu es fâché parce que j'ai dit que j'étais fatiguée ?

— Elle exige tout et elle ne donne rien en retour.

— Parlez à Stacey.

— Je n'arrive pas à croire ce que j'entends.

— Je te porte carrément sur mon dos.

— Ça faisait combien de temps que tu attendais de sortir ça ?

— Tu n'es pas capable d'être là quand j'ai une mauvaise journée. Je n'ai même pas le droit d'avoir une mauvaise journée.

— David, essayez-vous de dire que vous ne vous sentez pas estimé à votre juste valeur ?

— Chaque journée est une mauvaise journée, avec toi. Si je suis comme ça, c'est de ta faute, David !

— David ?

Je ne répondis rien. Je ne levai même pas les yeux du plancher.

— C'est moi qui rapetisse, hurla Stacey, et toi, tout ce que tu arrives à faire, c'est te plaindre que ta vie est difficile !

— Alors c'est ma faute si tu m'as mis en bas de ta liste de priorités ?

— Tu fais comme si rien de tout ça ne te concernait. La maison, le gamin — tout. J'ai besoin de quelqu'un qui va m'aider. J'ai besoin d'un partenaire. J'ai besoin de quelqu'un qui peut simplement être gentil avec moi.

Elle avait dit cela calmement. Elle n'ajouta plus rien pour le reste de l'heure, et moi non plus.

8

Cette nuit-là, je m'éveillai un peu après trois heures du matin. J'ignorais ce qui m'avait réveillé. Pas Jasper, en tout cas. J'étais bien éveillé et, en l'absence de ses pleurs, je sentis monter contre lui une colère irrationnelle. De toutes les nuits où il pouvait dormir, pourquoi devait-il choisir la nuit où je n'y arrivais pas ? On n'entendait que le silence, et le silence qui perdurait. Je regardai à ma droite, mais Stacey ne s'y trouvait pas.

Je tirai les draps : elle n'était pas là. Je soulevai l'oreiller, mais elle ne se trouvait pas en dessous. Je regardai sous le lit, effrayé à l'idée qu'elle fût déjà réduite à rien du tout.

Je ne sais pas à quoi je m'étais attendu, jusque-là. Je n'avais pas pensé très sérieusement à la situation. Je m'imaginais sans doute que Stacey continuerait de rapetisser, de devenir de plus en plus petite. Il nous faudrait peut-être installer un microscope sur la table de la cuisine, ou quelque chose du genre, mais Stacey serait toujours là. Elle resterait avec nous. Elle serait simplement plus petite.

Sans même prendre le temps de m'habiller, je me précipitai au rez-de-chaussée. Je m'arrêtai sur le second palier : je pouvais la voir, endormie sur le sofa. Mon cœur battait la chamade. J'étais à bout de souffle. J'ignorais s'il fallait essayer de la convaincre de revenir dans le lit, alors je décidai de jouer de prudence et la laissai tranquille. À l'instant où je me recouchais, le téléphone sonna.

— Allo ?

— Ah, dit la voix. C'est vous.

— Qui est-ce ?

— C'est moi, fit-il, et il n'eut pas besoin d'en dire plus.

— Vous vous prenez pour qui ? commençai-je. Espèce de foutu...

— Oh, oh, ooh ! m'arrêta-t-il.

Sa voix était calme et rassurante.

— Peut-être que vous devriez seulement, vous savez, écouter un peu pour une fois. Votre femme m'a laissé entendre que vous n'étiez pas tellement doué pour ça.

— De quoi parlez-vous ?

— Du calme. Relaxez. J'arrête de vous taquiner. Posez-moi n'importe quelle question et je vais y répondre.

Je n'avais pas envie de discuter avec ce voleur, et encore moins d'écouter ses sages conseils, mais avais-je vraiment le choix ?

— Pourquoi avez-vous fait ça ? demandai-je.

— Parce qu'il le fallait.

— Vous vous foutez de...

— Vous êtes tout à fait en droit de ne pas aimer ma réponse, mais c'est ma réponse. Pouvons-nous continuer ?

— Comment peut-on renverser ça ?

— Aimez-vous encore votre femme ?

— Évidemment.

— Êtes-vous sûr ?

Sa voix était si compréhensive, je savais que je pourrais répondre *non* et qu'il ne me jugerait pas. Que *non* était une réponse tout à fait acceptable. Cela m'incita à faire une pause, et le cambrioleur en profita pour continuer.

— L'une des choses les plus difficiles, lorsqu'on a des enfants, c'est de se rendre compte qu'on les aime plus que sa femme. Qu'il est possible d'aimer quelqu'un davantage que l'on n'aime sa femme. Pire encore, il s'agit d'un amour qui ne demande aucun effort. Il est juste là, indestructible, de plus en plus fort. Pendant que l'amour pour sa femme, l'amour sur lequel on doit travailler, et sur lequel on travaille si fort, ne reçoit rien. Il est négligé, il doit se débrouiller tout seul. Comme une plante verte oubliée sur le bord de la fenêtre.

Je ne savais pas quoi dire. Nous restâmes silencieux un moment.

— Désolé, dit-il finalement. Je me suis laissé emporter par cette histoire de plante verte. J'utilise trop de métaphores, ces temps-ci. Bon, écoutez, vous ne pouvez pas imaginer combien de coups de fil je dois faire cette nuit. Prenez soin de vous. Vous avez vraiment une femme admirable. Prenez-en soin.

— Allez-vous rappeler? ai-je demandé, mais il n'y avait plus personne au bout du fil.

9

Treize jours après le cambriolage, alors que le soleil d'après-midi traversait la fenêtre, Stacey se mesurait, seule dans notre chambre. Elle posa le crayon et se retourna. Sa taille n'avait pas changé depuis le matin : 1 146 millimètres, soit une perte de 91 millimètres au cours de la nuit. Elle s'assit et leva les yeux vers les dix traits noirs sur le cadre de porte, chacun portant la date, la taille et le nombre de millimètres perdus pendant la nuit.

Stacey fixait les chiffres. Si j'avais été là, je lui aurais dit d'arrêter de ressasser cette histoire, de lâcher prise, de regarder le bon côté des choses. Je n'aurais pas saisi qu'elle cherchait un motif récurrent. La manière dont elle rapetissait me semblait si extraordinaire et incroyable que je n'aurais même pas songé à y chercher quelque structure que ce soit.

Comme nous n'avions remarqué le phénomène que trois jours après le cambriolage, nous ne savions pas à quel rythme Stacey avait rapetissé durant ces premiers jours. Nous savions seulement qu'elle avait perdu neuf millimètres en tout. À partir de cette journée, toutefois, nous avions tout enregistré sur le mur, et c'étaient ces chiffres que Stacey considérait.

—Jour 4, dix millimètres, marmonnait-elle. Jour 5, quinze millimètres. Jour 6, vingt et un millimètres.

Le soleil avait atteint notre lit. Stacey continuait de fixer le mur. Il ne semblait y avoir aucune séquence : les nombres grandissaient mais ils ne doublaient pas, et leur rythme de décroissance ne semblait constituer ni une suite d'entiers reconnaissable, ni une suite de racines. Le soleil baignait la chambre dans une lumière jaune, pleine d'optimisme, lorsque Stacey se leva brusquement.

—28, 36, 45..., fit-elle.

Elle s'avança afin de toucher le trait noir du bas.

—... 55, 66, 78, 91. C'est une putain de suite de nombres triangulaires !

Ce que constitue au juste une suite de nombres triangulaires n'est pas un concept facile à comprendre. Cela implique une séquence de triangles équilatéraux, uniformément remplis de points. Peut-être est-il plus simple de le visualiser.

La séquence commence avec le chiffre 1.

•

Ensuite vient 3.

•

• •

Ajoutez un autre point à la rangée du bas, et vous obtenez 6.

•

• •

• • •

Et puis 10.

•

• •

• • •

• • • •

Et puis 15.

•

• •

• • •

• • • •

• • • • •

La séquence se poursuit en ajoutant chaque fois un autre point à la rangée du bas, de telle sorte que la formation demeure une suite de triangles équilatéraux. Après 15 vient 21, puis 28, 36, 45, 55, 66, 78, 91, 105, 120, 136, 153, 171, 190, 210, 231, et ainsi de suite.

Stacey se sentait ragaillardie. Elle avait compris. Elle se balançait doucement dans la lumière dorée. Elle était fière d'avoir déchiffré le code, mais presque aussitôt elle réalisa ce que cela signifiait. Elle sortit de la chambre et se laissa glisser en bas de l'escalier. Elle grimpa sur la table de la cuisine, où elle trouva un crayon et du papier. Bien plus tard, après que tout cela fut terminé, je tombai sur ce bout de papier, caché au fond de notre garde-robe. On y trouvait les nombres suivants, tracés d'une main tremblotante :

JOUR	TAILLE	PERTE
14	1,146	91
15	1,041	105
16	921	120
17	785	136
18	632	153
19	461	171
20	271	190
21	61	210
22	—	

Je peux seulement supposer ce que Stacey fit ensuite. Je suis à peu près certain qu'elle aura revérifié ses calculs. Puis, elle aura révisé son hypothèse afin de confirmer que celle-ci tenait bien la route. Je l'imagine ensuite déposer son crayon et s'asseoir. Je l'imagine qui commence à pleurer, incapable de s'arrêter. Elle avait prévu sa décroissance, mais elle avait aussi prouvé, sans l'ombre d'un doute, qu'elle aurait complètement disparu en l'espace de huit jours.

Elle nous cacha cette information, à Jasper et à moi. Bien qu'elle eût assisté à toutes les rencontres du groupe de soutien — huit rencontres jusque-là — et qu'elle m'eût narré dans les moindres détails toutes les histoires qu'elle y avait apprises, elle décida de garder le secret sur sa disparition imminente.

10

La seule autre manifestation impliquant un rétrécissement toucha David Bishop, qui avait été premier dans la file et avait donné au cambrioleur une vieille montre bon marché. Il roulait vers la maison de sa mère, où il devait souper, lorsqu'il regarda son téléphone portable. Il y découvrit quatre-vingt-dix-huit nouveaux messages. Tous provenaient de sa mère. En écoutant les dix-sept premiers messages, il constata que chacun d'entre eux était formulé exactement de la même manière. Seule l'intonation de la voix changeait légèrement de l'un à l'autre. Il appuya sur quelques touches et découvrit que les quatre-vingt-dix-huit messages avaient été envoyés exactement au même moment. Cela lui sembla étrange.

En arrivant chez sa mère, il se gara, et c'est en descendant de voiture qu'il entendit une voix minuscule, à peine audible : « Attention, espèce d'empoté ! »

Bishop baissa le regard et vit qu'il s'apprêtait à poser le pied sur une minuscule version de sa mère, réduite à environ 98 % par rapport à sa taille habituelle. Le pied suspendu dans les airs, il regarda la pelouse : elle était occupée par de nombreuses versions miniatures de sa mère. Il y avait des mères sur le trottoir, sur les marches de la galerie. Elles étaient partout.

—Je suis désolé, fit David, et il posa prudemment son pied sur le trottoir.

—N'en fais pas tout un drame, fit une des mères. Ça arrive, avec l'âge.

—Non, ça n'arrive pas.

—Ça arrive, bon.

—Ça n'est arrivé à personne que je connaisse.

—Combien de vieux tu connais ? Ça m'est arrivé à moi.

—Qu'est-ce qui s'est passé ?

—Ramasse-nous, fit l'une des mères en levant les bras. On te racontera ça à l'intérieur.

David se pencha et la prit. Alors qu'il marchait vers la maison, chaque mère levait les bras de la même manière, et David les ramassa toutes. Bien qu'elles fussent minuscules, il ne pouvait en transporter sécuritairement qu'une douzaine à la fois. Il effectua donc neuf allers-retours, par mesure de prudence. Il cueillit ses quatre-vingt-dix-huit mères et les installa sur la table de la cuisine. Elles étaient légèrement plus petites que la poivrière.

Ses mères avaient toutes les yeux levés vers lui. Aucune ne semblait très heureuse. David n'en revenait pas de voir à quel point elles paraissaient frêles. Quatre-vingt-dix-huit têtes grisonnantes, quatre-vingt-dix-huit paires d'épaules voûtées, cent quatre-vingt-seize réseaux de pattes d'oie autour de cent quatre-vingt-seize yeux plissés... Multipliée de la sorte, sa vieillesse sautait aux yeux.

David ne pouvait pas les laisser là. Avec soin, il commença à glisser des mères dans ses poches. Son veston avait six poches ; douze mères miniatures pouvaient tenir dans chaque poche extérieure, huit dans chaque poche intérieure, et douze dans les profondes poches de son paletot. Bishop déposa les trente-quatre qui restaient dans la boîte d'un grille-pain qu'il ne cessait d'oublier de rapporter au magasin, et qui traînait depuis des semaines dans le coffre de sa voiture. Certaines mères auraient préféré rester à l'air libre, là où elles auraient pu voir quelque chose, alors que d'autres auraient préféré se trouver dans une poche intérieure, où il faisait plus chaud. Aucune ne voulait voyager dans la boîte du grille-pain. Bishop ne leur demandait pas leur avis et il les ramassait au fur et à mesure qu'elles lui tombaient sous la main. Nombreuses furent les plaintes. Il transporta la boîte dans l'automobile avec précaution, la posa délicatement sur le plancher, entre les banquettes, puis il se mit au volant et retourna très, très doucement chez lui. Sa femme Wendy payait les factures, assise à la table de la cuisine, lorsqu'il entra dans la maison et posa la boîte à côté d'elle.

—Je pensais que tu allais le retourner au magasin, dit-elle.

Bishop ne répondit pas. Il commença à sortir des mères miniatures de ses poches et à les disposer sur la table.

—Qu'est-ce qui s'est passé?

—Elle semble s'être divisée.

—Est-ce qu'elle va rester ici?

—Je ne peux pas la laisser chez elle.

—Non, je suppose.

Bien que les mères fussent minuscules, il s'avéra difficile de s'occuper d'elles. Chaque mère était aussi difficile quand venait le temps de manger, de dormir

et en matière d'habitudes sociales que l'avait été la mère de David lorsqu'elle mesurait cinq pieds. Elles étaient toutes vêtues de la même robe, mais n'avaient que cette unique robe à porter. Elles ne possédaient aucun ustensile ni assiette pour manger, et elles devaient dormir sur des lits de fortune bricolés avec des bâtons de Popsicle et de la ouate.

Les mères se répandirent dans toute la maison. Elles partaient en promenade et ne retrouvaient plus leur chemin. David en découvrait sans cesse accrochées dans les grilles de chauffage, ou enlisées jusqu'aux genoux dans le terreau d'une plante verte. Pour une raison ou pour une autre, elles aimaient particulièrement la pharmacie. Plusieurs disparurent.

Le lendemain, Wendy appela David à son travail et lui demanda de revenir à la maison. À son arrivée, il vit un nombre incalculable de mères sur la table de la cuisine.

—Qu'est-ce qui s'est passé ?

—Elles se sont encore divisées.

—Tu es sérieuse ?

—Oui.

David regarda ses mères se diviser à nouveau. Elles devinrent deux fois plus nombreuses, et deux fois plus petites.

—Qu'est-ce qu'on fait ? demanda David.

—Je ne sais pas s'il y a quoi que ce soit qu'on puisse faire.

Serrées les unes contre les autres, elles couvraient entièrement la table à manger. Elles se divisèrent à nouveau. Alors, elles levèrent collectivement leurs têtes et firent signe à David de se pencher. Il s'inclina, tournant la tête afin que son oreille touche presque le dessus de leurs minuscules crânes.

—Nous n'avons pas peur, dirent-elles.

—C'est bien, fit David.

Il aurait voulu leur tenir les mains, mais elles étaient si petites qu'il ne pouvait même plus voir leurs mains, alors il prit plutôt celle de Wendy. Peu après, elles se divisèrent encore, et encore une autre fois, devenant si microscopiques que David ne pouvait les voir qu'en plissant les yeux. Il alla ouvrir la fenêtre, et la brise balaya la table, emportant avec elle toutes les minuscules mères.

11

Le vendredi 9 mars, seize jours après le cambriolage, j'allai porter Stacey en haut de l'escalier de l'Église Unie St. Matthew's. Ni elle ni moi ne savions que cette douzième rencontre du groupe de soutien de la succursale 117 serait la dernière. Stacey avait assisté à chacune des rencontres, et elle avait vu l'assistance sans cesse diminuer.

Elle mesurait 785 millimètres. Imaginez la règle que vous utilisiez au secondaire : ma femme faisait une fois et demie cette longueur. Une liste de choses plus grandes que ma femme incluait désormais le siège de sa chaise, la plupart des écrans de télévision, et son fils de deux ans et demi.

—Jasper, fais attention à ta mère.

Il recula d'un pas et je posai Stacey. Elle entra dans l'église et Jasper prit ma main. Je la serrai trop fort. Il se libéra, fit volte-face et redescendit l'escalier en sautant de marche en marche, ses pieds claquant sur le béton. À l'intérieur de l'église, Stacey utilisait la même méthode pour descendre l'escalier qui menait au sous-sol.

Aucune chaise pliante n'avait été dépliée, dans la salle paroissiale. Il n'y avait ni badge, ni crayon-feutre, ni odeur de café frais. Stacey s'assit sur la dernière marche et leva les yeux vers l'interrupteur.

La réunion aurait dû être commencée depuis quinze minutes. Stacey était seule dans la pièce. Après vingt minutes, elle entendit des pas énergiques descendre l'escalier. C'était le détective Phillips, qu'elle n'avait pas revu depuis la neuvième rencontre, et qu'elle avait tout simplement cru mort.

* * *

Le jour du cambriolage, le détective William Phillips était à la banque pour payer son compte de téléphone. Il avait décidé de ne pas jouer les héros, et avait tendu au cambrioleur une vieille clé. Il s'agissait de la clé originale de la porte avant du 152, rue Patrick, à Toronto, maison où il avait toujours vécu.

Cette décision de ne pas jouer les héros avait taraudé le détective Phillips durant les quatorze jours suivants. Le soir du quinzième jour, peu après

18 h 30, alors qu'il se préparait à partir pour la dixième rencontre du groupe de soutien de la succursale 117, un grand morceau d'histoire tomba du plafond de la cuisine et le frappa à la nuque. Il leva les yeux juste à temps pour voir le reste de l'histoire se solidifier et tomber.

Deux générations de Phillips avaient vécu dans cette maison avant lui. Cela faisait beaucoup d'histoire. S'il s'était trouvé dans le vestibule, ses chances auraient été meilleures : là-bas, l'histoire était plutôt légère, rien que des au revoir et de brèves rencontres. Mais le détective Phillips se trouvait dans la cuisine, théâtre d'innombrables désespoirs nocturnes et d'autant d'épiphanies matinales, sans compter trois conceptions. Les événements les plus importants qui se fussent produits dans cette maison avaient eu lieu dans la cuisine. L'histoire y était abondante et massive. Elle s'abattit sur le détective Phillips et l'ensevelit complètement.

— Au secours ! cria-t-il.

Personne ne l'entendit. L'histoire s'amoncelait si haut qu'elle obstruait les fenêtres. Il faisait noir, en dessous, et on peinait à bouger. Le peu d'air qui subsistait était épais, étouffant.

Toute la nuit, le détective Phillips appela à l'aide, mais personne ne vint. Il n'avait ni eau, ni nourriture. Il s'affaiblissait de plus en plus, et se tourmentait à l'idée que rien de tout cela ne se serait produit s'il avait trouvé le courage d'arrêter le cambrioleur. Il ne serait pas prisonnier sous toute cette histoire. Jenna Jacob et Grace Gainsfield n'auraient pas connu leurs tristes sorts. Tout ce qui affligeait Stacey Hinterland et Dawn Michaels aurait pu être évité.

Le détective Phillips passa la journée suivante coincé sous son histoire familiale, puis une seconde nuit. Il dormit très peu. La faim et la soif devinrent intolérables. Au matin, alors qu'il entamait sa trente-septième heure de captivité, il commença à céder au désespoir. Il n'avait pas osé bouger, jusque-là, de crainte que l'histoire ne glisse et ne l'écrase. Maintenant il savait qu'il n'avait plus le choix, et il commença à se tortiller. L'histoire s'agita au-dessus de lui, mais au lieu de s'affaisser, elle laissa passer un mince trait de lumière. Pour la première fois depuis qu'il avait été enterré vivant, le détective Phillips pouvait voir quelque chose.

Le pan d'histoire en face de lui était une remarque inappropriée faite par un oncle soûl, à l'occasion d'un souper de Noël tendu. Le détective Phillips regarda à sa droite, où son arrière-grand-père était frappé par la prise de conscience nocturne que les factures ne pourraient être payées. Juste au-dessus, sa grand-tante avouait, en pleurs, ses aventures extraconjugales répétées. À chaque morceau d'histoire qu'il découvrait, le détective Phillips reprenait des forces. Il se démena et dégagea un espace suffisant pour se tenir debout. Il posa ses pieds sur le linoléum et s'élança vers le haut.

Tout en nageant, le détective Phillips croisa des membres de sa famille qu'il n'avait jamais rencontrés, dont il ignorait même l'existence, et il les regarda perdre leurs emplois, leurs épouses et leurs espoirs. Il vit des entreprises ratées, des promesses rompues, des hommes brisés. En moins de six minutes, il émergea à la surface du tas et nagea jusqu'au mur ouest, où il s'accrocha à la tringle à rideaux.

—Vous n'êtes qu'une bande de ratés ! cria-t-il en direction de son histoire familiale. Toute la famille — trois générations complètes de ratés !

Le détective Phillips éclata de rire. Il prit une grande respiration, lâcha la tringle à rideaux et plongea gracieusement sous la surface.

* * *

Le détective Phillips descendait l'escalier, précédé par l'odeur moisie de son histoire familiale. Il s'arrêta trois marches au-dessus de Stacey, frappé de la découvrir si petite. Il regarda autour, nota qu'aucune des chaises n'avait été dépliée, et que l'air ne sentait pas le café.

—Où est tout le monde ?

—Je pensais que j'étais la dernière.

—Voulez-vous de l'aide pour remonter ?

Elle secoua la tête.

— Vous voulez juste rester seule un moment ?

Elle hocha la tête en signe d'assentiment, puis elle écouta les pas du détective Phillips qui s'éloignaient derrière elle. Elle attendit encore vingt minutes, mais personne d'autre ne se présenta.

LIVRE 3

12

Quatre jours après la dernière rencontre du groupe de soutien, Stacey se réveilla sur le sofa du salon pour découvrir deux gigantesques yeux qui l'observaient. Ils étaient bleus et occupaient tout son champ visuel. Le nez se trouvait sous le niveau du coussin et le front se perdait au-dessus de son champ de vision. Stacey prit peur. Les yeux la fixaient toujours. Ils clignèrent, les coins se relevèrent, et elle reconnut alors les yeux de son fils.

Elle n'avait pas besoin d'une autre ligne noire sur le mur pour savoir qu'elle avait perdu 210 millimètres au courant de la nuit, et qu'elle mesurait désormais 61 millimètres. Elle était plus petite qu'une clé de voiture.

Selon ses calculs, il s'agissait du dernier matin qu'elle passerait avec nous. Ce soir-là, elle n'allait pas juste rapetisser, mais se volatiliser. J'ignorais cette

information : elle ne m'avait pas révélé qu'elle avait percé le code, et qu'elle se savait sur le point de disparaître.

Et j'ignore encore pourquoi elle ne me l'avait pas dit.

Stacey était triste, ce matin-là. Elle leva le regard et vit sa propre tristesse dans les yeux de Jasper. Elle s'assit d'un coup et se força à sourire.

— Bonjour mon cœur ! cria-t-elle.

— Maman !

— Tu veux qu'on fasse un tour ?

— Ouaaais !

Il tourna sur lui-même en sautant à pieds joints.

— D'accord, mais il va falloir que tu fasses attention à maman.

— Attention à maman.

—Très attention, d'accord?

—Attention à maman, fit Jasper en hochant la tête. Il plissa son visage pour montrer qu'il se concentrait.

—Tends ton doigt.

Jasper tendit son index.

—Un petit peu plus haut, mon cœur. Un petit peu plus haut.

—Plus haut, répéta Jasper. Il leva son doigt et l'approcha du sofa. Stacey leva les bras au-dessus de la tête et s'y accrocha.

—Un petit peu plus bas, mon cœur.

Jasper baissa son index. Stacey réussit à l'entourer de ses bras, et joignit les mains.

—Allez, on y va!

Jasper détala, Stacey fermement accrochée à son doigt. Le vent couchait ses cheveux. Ils tournèrent le coin de la cuisine et son corps oscilla vers la droite. Elle avait l'impression de voler, d'être libre, mais Jasper s'arrêta soudain et la force d'inertie envoya Stacey dinguer vers l'avant. Incapable de se retenir, elle vola dans les airs et retomba lourdement sur les carreaux noirs et blancs.

—Stacey! hurlai-je. Je me précipitai autour de l'îlot et m'accroupis devant elle. Jasper se mit à pleurer. Stacey se releva, repoussa mes mains. Elle regarda son fils.

—Cheerios ?

—Cheerios ! hurla Jasper, ses larmes soudainement disparues.

Je remplis un bol de plastique orange avec ce qu'il restait de céréales. Stacey grimpa sur la table en tentant de dissimuler qu'elle utilisait davantage son bras gauche. Elle prit un raisin à deux mains, ferma les yeux et mordit dedans.

—Est-ce que tu es obligée de faire ça ?

—Faire quoi ? demanda-t-elle, mais avec tout ce raisin dans sa bouche, ses mots sonnèrent plutôt comme *Féé kâ* ?

—Féé kâ ? Féé kâ ? l'imita Jasper.

—Et s'il avait glissé ?

—Arrête de tout dramatiser.

—Féé kâ ! répétait Jasper. Il sautait sur sa chaise et il perdit pied. Son bras gauche balaya l'air et il envoya voler la pinte de lait, qui faucha Stacey.

—Ça va, ça va, fit Stacey, mais il était évident que ça n'allait pas.

Les pleurs de Jasper se transformèrent en cris, qui devinrent de plus en plus forts.

—Ça va, mon cœur.

—Je m'excuse…

— Ok, on y va ! dis-je en tapant des mains. C'est l'heure d'aller à l'école !

— Non ! fit Jasper. Il martela le mot avec une vigueur croissante, alors que je le portais vers le vestibule.

— Non ! Non ! Non !

Je lui mis ses bottes et son manteau et son chapeau.

— Laisse-le donc, me lança Stacey.

— Je vais te porter comme une poche de patates !, dis-je en soulevant mon fils.

Jasper se mit à rire. Je l'envoyai sur mon épaule.

— Bye. Bye. Ma. Maan, fit-il en s'accrochant à mon épaule.

Il agita la main en direction de Stacey, qui tenait toujours son raisin à moitié mangé. La porte se referma, et soudain tout fut tranquille.

13

Cet après-midi-là, je me retrouvai dans l'allée 6 du Sobeys de la rue Dupont, Stacey logée dans la poche avant de mon blouson. Sa tête ne dépassait pas de la poche et, à l'intérieur, il faisait noir et l'air était étouffant. En outre, peu importe les précautions que je prenais, il était impossible de bouger sans lui faire perdre l'équilibre.

—Je ne les vois pas, dis-je.

Je l'entendis prendre une profonde inspiration, suivie d'un silence. J'étais presque certain qu'elle pleurait.

—C'est la boîte jaune, fit-elle, sa voix étouffée par le tissu.

—Oui. Je sais que c'est la boîte jaune. Il n'y en a pas. Ils doivent être en rupture de stock.

—Ils ne sont pas en rupture de stock de Cheerios.

—On dirait bien que oui.

—Je monte.

—Attends une seconde.

Au bout de l'allée, deux cégépiens achetaient les céréales que leurs parents les avaient empêchés de manger lorsqu'ils étaient petits. J'attendis qu'ils fussent partis, et je regardai à ma gauche.

—OK, maintenant.

Plusieurs jours auparavant, j'avais pratiqué une série de coupures dans le tissu de mon blouson, qui menaient du fond de ma poche jusque sur mon épaule droite. S'en servant comme d'une échelle, Stacey sortit de la poche et monta sur mon épaule avant que quelqu'un d'autre n'arrive dans l'allée.

—Bon Dieu, David ! Ils sont juste là.

—Où ?

—Là.

En suivant son doigt, je vis la boîte jaune des Cheerios.

—Ah oui. Ils sont là. Merci. As-tu besoin d'aide pour redescendre ?

Mais elle avait déjà regagné la noirceur de la poche.

* * *

Tandis que je chargeais l'épicerie dans l'automobile, Stacey escalada la radio et les grilles de ventilation, jusque sur le tableau de bord. De la sueur perlait sur son front, sa poitrine minuscule se soulevait et s'abaissait rapidement. Je pris place au volant et fermai la portière.

— C'est pas sécuritaire, là-dessus.

Stacey leva les yeux au ciel. J'attachai ma ceinture avec plus de force que nécessaire.

Nous sortîmes du stationnement, Stacey assise avec les jambes en V, les paumes à plat sur le tableau de bord pour garder son équilibre. Ses cheveux tombaient sur son visage. Elle se balançait doucement au son de la radio. Il y avait beaucoup de circulation, mais ce n'était pas grave puisque Stacey semblait heureuse et enjouée, comme à l'époque où nous avions commencé à sortir ensemble. À la seconde où je garai la voiture devant la garderie de Jasper, elle redevint triste.

— Pourquoi est-ce que tu ne viens pas dans ma poche ?

Elle secoua la tête, et je dus résister à l'envie de la ramasser et de l'emporter avec moi. J'avais fait trois pas lorsque je m'arrêtai, soupirai longuement, et rebroussai chemin. J'ouvris la portière du conducteur et baissai la fenêtre de dix centimètres.

—Désolé, dis-je, car elle m'avait déjà avoué que ça lui donnait l'impression d'être un chien qu'on laisserait dans la voiture.

* * *

Assise sur le tableau de bord, Stacey retira ses chaussures et les remit. Elle craignait d'être en train de commettre une terrible erreur. N'aurait-elle pas dû consacrer ses dernières heures à faire tout ce qu'elle n'avait jamais fait, plutôt que d'essayer de faire en sorte que tout demeure aussi normal que possible? Sa respiration devint saccadée. Elle regarda par la vitre, se concentra sur la neige qui tombait doucement, et elle reprit son calme. C'est alors qu'elle vit Dawn courir dans la rue College, en direction est.

Elle n'avait pas l'air bien du tout. Ses cheveux étaient en bataille, ses souliers délacés et son visage sale. Mais il était plus troublant encore de voir combien elle semblait épuisée.

Stacey traversa le tableau de bord au pas de course, sauta sur la colonne de direction et enfourcha la manette de clignotant. Elle se dandina jusqu'à l'autre bout et, utilisant ses deux mains, fit un appel de phares.

— Dawn ! hurla-t-elle. Ici ! Ici !

La voix de Stacey était faible, mais elle portait tout de même par l'ouverture en haut de la vitre. Dawn se précipita dans la voiture. Elle se roula en boule et se blottit au pied du siège du conducteur, son dos contre les pédales. Elle regarda Stacey, puis ferma les yeux bien fort.

Le lion tourna le coin. Il s'arrêta, le museau levé. Il flaira l'air et s'avança vers la voiture.

— Est-ce que tu le vois ? chuchota Dawn, les yeux toujours fermés.

— Je le vois.

Le lion s'arrêta à la hauteur de l'automobile, dressa la tête et huma l'air à nouveau. Il baissa la tête et renifla le béton. Il s'avança lentement vers la voiture et flaira le bas de la portière, jusqu'à la poignée.

— Ne bouge pas, ne dis rien, chuchota Stacey.

Les griffes du lion heurtèrent la fenêtre. Stacey bascula vers l'avant et se débattit pour rester en équilibre sur la manette de clignotant. Elle leva le regard et vit les pattes du lion appuyées contre la vitre. Son haleine faisait sur le verre un cercle de buée qui s'agrandissait sans cesse.

— Ne le laisse pas entrer, chuchota Dawn.

En baissant le regard, Stacey vit la clé dans le contact. Le lion se jeta à nouveau contre la portière, faisant osciller la voiture. Stacey prit une grande respiration et sauta de la manette. Elle tomba tête première, tendit la main et attrapa l'anneau du porte-clé au passage. Elle appuya sur le bouton d'alarme avec son pied. Les phares de l'automobile clignotèrent, le klaxon retentit, et le lion décampa.

Après un moment, Dawn se redressa juste assez pour voir par-dessus le tableau de bord. Elle regarda la rue College : à gauche, à droite, encore à gauche. Elle se retourna et se laissa tomber dans le siège du conducteur. Elle tendit sa main, et Stacey sauta dessus.

—Il reste qui ? demanda Dawn.

—Il y a moi. Et il y a toi.

—On ne va pas finir comme Grace Gainsfield, en tout cas.

—Non, on ne va pas finir comme Grace Gainsfield.

Les deux femmes restèrent silencieuses un long moment.

—Je dois y aller, fit Dawn.

Elle posa Stacey sur le tableau de bord et ouvrit la portière du conducteur.

—Je ne dois pas m'arrêter.

Elle sortit de la voiture et détala en direction ouest. Stacey n'insista pas pour qu'elle reste.

14

Huit jours après le cambriolage, Grace Gainsfield, qui avait donné une fleur séchée qu'elle utilisait en guise de signet, s'était réveillée dans des draps glacés. À côté d'elle, son mari s'était transformé en bonhomme de neige. Elle sortit du lit et posa le pied dans une flaque d'eau. Elle regarda son mari. Sa tête fondait plus vite que le reste de son corps : le côté gauche de son visage s'affaissait, sa bouche et ses orbites s'étiraient d'une manière grotesque. Le téléphone sonna et, encore sous le choc, elle répondit.

— Allo ?

— Est-ce que j'appelle trop tôt ? demanda sa belle-mère.

— Non, non, j'étais levée.

—Est-ce que je peux parler à Daniel ?

—Heu... Il n'est pas là.

—Où est-il ?

—Au travail.

—À six heures et demie ?

—Vous connaissez Daniel.

—Est-ce que vous venez toujours jeudi ?

—Jeudi ?

—Pour souper.

—Oh oui ! Bien sûr.

Elle regarda le plancher. Les jeans qu'elle avait portés la veille étaient au bord de la flaque, et l'eau commençait à imbiber la jambe gauche.

—Bien sûr que nous serons là.

—Bien.

—Je vais lui dire de vous rappeler.

—Merci. Bye bye.

—Bye.

Grace remit le combiné en place. Elle le souleva et raccrocha violemment. Elle répéta le geste trois fois. Elle ne regardait pas le lit, mais la flaque d'eau. Elle comptait les gouttes qui tombaient. Elle nota que les gouttes devenaient de plus en plus grosses, et que leur fréquence s'accélérait rapidement.

Tout d'un coup, sans un regard vers son mari, Grace sortit de la chambre en courant et descendit les escaliers, laissant des traces de pieds mouillés sur le plancher de bois franc.

Le soleil frappait la grande baie vitrée, ce qui faisait fondre le bonhomme de neige d'autant plus

vite. Grace revint de la cuisine avec un sac à ordures noir. Elle prit une grande respiration et glissa le sac sous le bonhomme de neige. Saisissant le sac d'une main ferme, elle tira le bonhomme de neige. Il atterrit lourdement sur le sol, mais demeura intact. Elle le hala dans le corridor et dans l'escalier, jusqu'au sous-sol.

Un grand congélateur blanc ronronnait bruyamment, adossé au mur ouest. Grace en vida le contenu sur le plancher de béton. Elle comprit alors que le bonhomme de neige n'entrerait pas dans le congélateur. L'eau dessinait déjà un cercle foncé sur le béton et commençait à s'accumuler sur le plastique, à l'endroit où la tête s'appuyait. Elle courut à la cuisine, se munit d'un couteau de chef, d'un couteau à légumes, d'un rouleau d'essuie-tout et de la boîte de sacs à ordures, et elle redescendit au sous-sol sans traîner. Saisissant le couteau de chef, elle le fit tournoyer dans sa main et, de toutes ses forces, entreprit de sectionner la tête du bonhomme de neige.

Il lui fallut s'y reprendre à plusieurs fois. Son bras se fatigua bien avant qu'elle ne parvienne à séparer la tête du torse. Quand ce fut fait, elle la déposa dans le congélateur.

Elle changea de position et, agrippant le couteau comme un poignard, sépara le bas du corps de l'abdomen. Puis, elle le découpa en morceaux plus petits. La glace volait dans tous les sens. Sa chemise était détrempée. Elle tailla le tronc jusqu'à ce qu'il fût réduit, lui aussi, en petits morceaux, et elle déposa le tout dans le congélateur. Puis, délicatement, elle prit les bâtons qui servaient de bras et les plaça en croix sur les morceaux de bonhomme de neige, et elle referma le congélateur.

Ce soir-là, Grace commença à ramasser de la neige. Elle en récolta sur les capots des voitures, sur les galeries et sur les parvis d'église. Elle recueillit de la neige piétinée, respectivement, par de nombreux passants, par personne et par des enfants. Dans un plateau, elle laissa se déposer de la neige qui n'avait jamais touché le sol. Elle étiqueta soigneusement ses échantillons et les emporta chez elle afin de se livrer à des expériences.

Elle soumit la neige à la chaleur et l'observa se transformer en eau. Puis, elle regarda l'eau s'évaporer. Elle refroidit ensuite la vapeur et l'examina redevenir de la glace. Elle s'affaira de la sorte toute la nuit et, le vendredi matin, elle prit un congé de maladie. Samedi et dimanche, elle continua sans relâche à étudier la neige dans tous ses états. Le lundi, elle prolongea son congé de maladie et poursuivit ses expériences.

Peu après midi, son travail fut interrompu par des coups insistants à la porte. Elle alla ouvrir et découvrit deux détectives, un vieux et un jeune. Le plus vieux brandissait son insigne de police, et prit la parole le premier.

—Êtes-vous Grace Gainsfield?

— Oui.

— Est-ce qu'on peut entrer ? demanda le plus jeune.

Grace s'éloigna de la porte et s'assit à la table de la cuisine. Les détectives restèrent debout.

— Êtes-vous au courant que votre mari est porté disparu ? demanda le plus vieux.

— Non, je ne le savais pas. Merci.

— Il est disparu depuis cinq jours, fit le plus jeune. C'est Rebecca Gainsfield qui nous l'a signalé. Connaissez-vous Rebecca Gainsfield ?

— C'est sa mère.

— Exact.

— C'est un peu bizarre que ça ne soit pas vous qui ayez signalé sa disparition, fit le plus jeune.

— Savez-vous où se trouve votre mari ?

— Oui. Il est dans le congélateur au sous-sol.

Les détectives échangèrent un regard.

— Est-ce qu'on peut le voir ?

Grace hocha la tête. Les détectives la suivirent dans l'escalier. Elle ouvrit le congélateur afin qu'ils puissent voir son contenu. Le plus vieux hocha tristement la tête, et le plus jeune le regarda.

— C'est bon, fit le plus vieux. Merci madame Gainsfield.

Sa voix était douce et triste. Le plus jeune ne disait rien. Laissant le congélateur ouvert, Grace reconduisit les détectives jusqu'à la porte.

Grace avait encore plusieurs expériences au programme, mais elle se sentit soudainement fatiguée. Elle se prépara un thé qu'elle oublia de boire. Elle était assise dans la chambre à coucher, face à la baie vitrée. Il commençait à neiger. La neige s'accumulait sur le rebord de la fenêtre, dans les branches, sur le trottoir, elle semblait ne jamais vouloir s'arrêter. Au moment où le jour commençait à tomber, Grace redescendit à la cave, éloigna le congélateur du mur et, d'un coup de poignet, débrancha le fil.

Le congélateur cessa de ronronner. Elle l'ouvrit et grimpa à l'intérieur. Elle referma le couvercle.

Il faisait froid, à l'intérieur, mais l'atmosphère finit par tiédir et le bonhomme de neige commença à fondre. L'eau se mit à monter. Bientôt, Grace la sentit qui atteignait ses épaules. Elle ferma les yeux, tandis que l'eau recouvrait son visage.

15

Je remontai le corridor qui menait à la garderie de Jasper, faisant froufrouter au passage les gouaches accrochées au mur. Lorsqu'il me vit, Jasper se comporta d'une manière tout à fait inédite : il me trouva plus intéressant qu'un instrument à percussion. Il laissa tomber son tambourin et se précipita vers moi. J'ouvris les bras, mais il les repoussa, tira sur la poche avant de mon blouson et regarda à l'intérieur.

— Maman ? chuchota-t-il.

— Elle est dans la voiture.

Il repartit à la course, récupéra son tambourin et continua à jouer *Ainsi font font font*. Lorsque la leçon de musique fut terminée, je l'aidai à mettre son manteau et il fila vers l'automobile, où il se mit à sautiller devant la porte du passager.

— Câlin maman, câlin maman, câlin maman ! criait-il.

— Recule un peu, mon cœur, dis-je.

Jasper continuait de sauter. Je le soulevai, le déposai sur le trottoir et ouvrit la portière. Il bondit à l'intérieur. La partie supérieure de son corps atterrit sur le siège du passager, mais pas la partie inférieure. Ses jambes dépassaient de la voiture et ses bottes jaunes s'agitaient dans le vide, comme s'il était en train de nager. Je me tournai vers le tableau de bord pour lancer un regard de connivence à Stacey, mais elle n'était pas là.

Je soulevai Jasper — récoltant plusieurs coups à la poitrine —, mais Stacey ne se trouvait pas sous lui. Je redéposai Jasper sur le trottoir et regardai sous le siège du passager, sous les tapis, sous le frein à main et sous les pédales. Je ne la trouvais nulle part. À quatre pattes, je vérifiai sous le siège du conducteur. Je lançai sur le trottoir des gobelets et des trains en plastique et de vieux journaux. Je ne la voyais nulle part. En me retournant vers la banquette arrière, je la découvris qui souriait à notre fils, debout sur l'appuie-tête, un doigt posé sur ses lèvres.

— Bon Dieu, Stacey ! hurlai-je.

Jasper se mit à pleurer. Je sortis de la voiture et ouvris la portière arrière. Stacey sauta en bas de l'appuie-tête, atterrissant lourdement sur une ceinture. J'envoyai Jasper dans son siège et m'échinai pour boucler les sangles. Je fis enfin une pause, respirai à fond, et me penchai à sa hauteur.

— Câlin maman ? dis-je.

— Câlin maman ! cria-t-il d'une voix aiguë.

Je tendis la paume de ma main, où Stacey grimpa. Nous évitions de nous regarder. De ma main, elle sauta sur la poitrine de Jasper et escalada son anorak. En arrivant au Y que dessinait la fermeture éclair, elle leva les bras et embrassa le cou de Jasper du mieux qu'elle put.

Je fermai la portière et fit le tour de la voiture. Après avoir démarré, j'orientai le miroir à 45° afin de les observer. Stacey était grimpée jusqu'à l'épaule de Jasper et elle lui parlait à l'oreille.

— Joué au train ! disait Jasper. Non. Non. Maman, non ! Des pâtes !

— Qu'est-ce qui t'a passé par la tête ? demandai-je.

— Pas maintenant, David.

— Tu trouvais vraiment ça drôle ?

— En tout cas, tu n'auras pas à m'endurer encore très longtemps.

— Quoi, tu menaces de me quitter ?

— T'es vraiment con.

— C'est moi qui suis con ?

Je frappai le volant du poing. Jasper recommença à pleurer. Je me retournai afin de regarder Stacey et, à travers la lunette arrière, je vis la calandre d'une fourgonnette qui s'approchait et n'allait visiblement pas s'arrêter. Elle poussa notre voiture à travers l'intersection. Ma tête bascula en arrière, en avant, puis en arrière à nouveau. Le son me rappela l'époque où je vivais à Winnipeg, le craquement des pas sur la neige par grand froid. Puis, ce fut terminé.

Je me débattis un moment pour me retourner, sans y arriver, jusqu'à ce que je me rappelle que j'étais attaché. Je détachai la ceinture, me tournai vers la banquette arrière. Jasper était bien en sécurité, dans son siège d'auto. Il semblait se demander s'il devait avoir peur ou non. Je me forçai à sourire et hochai la tête, et Jasper éclata de rire.

— Encore ! cria Jasper en levant ses petits bras et en agitant ses petites jambes. Encore, papa, encore !

Je vis alors qu'elle n'était plus sur son épaule.

— Stacey ? m'écriai-je.

Je me penchai entre les sièges et regardai au sol.

— Stacey ?

Jasper se mit à pleurer. J'entendis cogner sur la vitre, du côté passager. Je cherchais à tâtons sur les tapis. Les pleurs de Jasper devinrent un gémissement, aigu et perçant.

— Hé, ça va là-dedans ? demanda l'autre conducteur.

— Stacey ?

— C'est votre fille ? Est-ce qu'elle est blessée ?

— Stacey ?

— Est-ce que ça va ?

— Stacey, où es-tu ?

Je soulevai le tapis, tandis que Jasper criait de plus en plus fort. L'homme continuait de cogner à la fenêtre. Et c'est alors qu'elle sortit de sous le siège en se traînant. Elle avait une coupure au front.

— Ça va, ça va.

— Tu es blessée.

— Non. Rien de grave. Débarrasse-nous de cet idiot.

Je levai le regard vers la fenêtre du passager, et remarquai le conducteur pour la première fois.

— Vous avez failli nous tuer, dis-je. Allez chercher vos papiers d'enregistrement et votre assurance.

L'homme disparut de la fenêtre. Je me penchai à nouveau entre les sièges et cueillis délicatement ma femme. Je la soulevai afin que Jasper puisse la voir.

— Elle est là, dis-je. Maman est là.

— Dépose-moi sur son épaule.

Je fis ce qu'elle me demandait. Jasper arrêta de pleurer, mais il continuait à prendre de grandes respirations. Je la regardai qui chuchotait à son oreille.

16

Après la police, et après avoir appelé la compagnie d'assurance et la remorqueuse, nous étions enfin tous les trois assis à l'arrière d'un taxi, en direction de la maison. Jasper dormait dans mes bras. Stacey sortit de ma poche et grimpa sur mon épaule. Se hissant sur la pointe des pieds, elle embrassa mon lobe d'oreille.

—Je sais que ça ne va pas très bien entre nous depuis un bout de temps, dit-elle. Mais je t'aime. Je t'aime et j'aime Jasper plus que je n'ai jamais aimé quelqu'un dans ma vie.

Puis, elle s'assit et s'appuya contre mon cou. Le taxi roulait rue Dufferin, en direction sud, sous la lumière des lampadaires. Aucun de nous ne bougea jusqu'à ce que l'automobile s'arrête en face de la maison.

Jasper se réveilla tandis que je le transportais à l'intérieur. L'heure du lit était passée, mais je le laissai veiller encore un peu. Il jouait sur le plancher du salon, envoyant un train rouge foncer dans un train bleu d'une manière qui rappelait notre accident. Je pris une pincée de ouate au bout d'un coton-tige et, avec un peu de papier collant, la posai sur la coupure au-dessus de l'œil de Stacey. Le sang avait cessé de couler, mais Stacey restait assise sur le plancher du salon, les yeux fixés au mur.

Je les regardais tous les deux, depuis le corridor, en me demandant pourquoi Stacey n'avait pas été une de ces personnes pour qui les manifestations s'étaient avérées bénéfiques.

* * *

George Walterby, septième dans la file, avait donné au cambrioleur la tétine de sa fille, qu'il avait glissée dans sa poche par erreur ce matin-là. Lorsqu'il revint à la maison, il découvrit que son bébé s'était mis à chier de l'argent : des billets de dix et vingt dollars, et un billet de cent de temps à autre.

Au cours des trois jours suivants, le bébé ne dormit pas beaucoup, mais chaque fois que ses parents changeaient sa couche, ils y trouvaient une poignée de billets. Le bébé chiait tant d'argent que ses parents n'eurent plus à se soucier de leurs finances, tout un soulagement, d'ailleurs, puisqu'il s'agissait d'un souci constant avant le cambriolage.

—Nous avons le bébé parfait, disait George.

Puis, une nuit, leur fille eut la fièvre. Ils l'emmenèrent voir le médecin. Il braqua une lampe dans ses yeux. L'air préoccupé, il l'envoya passer des examens. On attacha un appareil à l'index du bébé, et une infirmière préleva du sang de son petit bras. George dut détourner le regard.

George et sa femme couchèrent ensuite le bébé et attendirent à ses côtés, dans une salle trop éclairée avec des rideaux en guise de murs. Des enfants pleuraient tout autour. Trois heures plus tard, le médecin revint les voir. Il alla droit vers le bébé et braqua encore la lampe dans ses yeux.

—Avez-vous remarqué quoi que ce soit de spécial chez elle?

—Elle chie de l'argent, dit George.

—Hmmm, fit le médecin, et il ressortit entre les rideaux. Deux heures passèrent avant qu'il ne revienne.

—Elle est très malade, et elle doit être opérée. L'opération va régler son problème, mais elle cessera de déféquer des devises.

—Opérez-la, dirent en chœur George et sa femme.

Les médecins procédèrent à l'opération et le bébé se porta immédiatement mieux. Ils la ramenèrent à la maison. Le bébé jouait et s'amusait, mais George demeurait inquiet.

Tout l'après-midi, il regarda la couche de sa fille pendouiller. Il n'osait pas la changer. En fin de journée, il coucha sa fille sur le sofa. Il tira les languettes de plastique, prit une très grande inspiration et ouvrit la couche. Il n'y trouva que de la merde, et se sentit plus heureux qu'il ne l'avait jamais été.

* * *

Le lendemain de sa première rencontre avec le groupe de soutien, et deux semaines après sa quatrième fausse couche, Diane Wagner s'était retirée

au chalet avec son mari, lorsqu'ils virent une tempête s'approcher sur le lac. Diane se précipita pour fermer les fenêtres du salon, et son mari, celles de la salle de bains et de la cuisine. Ils coururent à l'étage et y vérifièrent toutes les fenêtres. Puis, ils s'assirent sur le lit et écoutèrent la tempête, qui se trouvait directement au-dessus d'eux.

Bang ! entendaient-il. *Bang ! Bang ! Bang !*

—Ce sont vraiment de grosses gouttes, dit son mari.

—Oui, opina Diane.

Elle se leva et se dirigea vers la fenêtre, étrangement nerveuse. Elle tourna le verrou, les mains moites. Son coeur battait à toute vitesse. Elle entrouvrit le vantail, tendit la main dehors et attrapa une des gouttes.

17

Je laissai Stacey et Jasper dans le salon, et j'allai dans la cuisine pour y mettre la bouilloire à chauffer. C'est à ce moment que le téléphone sonna. Cette fois-ci, je l'entendis bien : il s'agissait d'une alarme, et non d'une simple sonnerie, et je me dépêchai de répondre.

— Est-ce que je peux parler à Stacey ?

— De la part de qui ?

— C'est Dawn.

J'apportai le téléphone dans le salon. Stacey et Jasper jouaient au train sur le tapis. Je posai le combiné devant elle, appuyai sur la touche haut-parleur et retournai à la cuisine, où je tendis l'oreille à travers le bruit de l'eau qui chauffait.

* * *

Dawn fuyait son lion, comme elle le faisait depuis dix-huit jours. Elle venait de plonger tête première dans un magasin de vins et spiritueux au coin de Bloor et Ossington, et elle était à peu près certaine qu'il ne l'avait pas vue. Elle marchait parmi les étagères, essayant de reprendre son souffle. C'est au milieu de la section des vins australiens qu'elle vit le chapeau violet.

Elle suivit le cambrioleur jusqu'à l'arrière du magasin et s'apprêtait à l'affronter lorsqu'elle entendit des hurlements. Elle se retourna et vit le lion bondir dans le magasin.

Les employés et les clients s'enfuirent. Dawn, le cambrioleur et le lion étaient seuls dans le magasin. Les griffes du fauve claquaient sur le plancher alors qu'il s'approchait d'eux. Dawn et le cambrioleur reculèrent, acculés dans un coin du magasin. Le voleur s'adossa contre les bouteilles de bourbon, et Dawn contre celles de rhum.

—Est-ce que vous vous souvenez de moi ?

—Oui. Je suppose que cet animal est à vous ?

Dawn hocha la tête. Le lion s'ébroua. Dawn et le cambrioleur tressaillirent. Des bouteilles tombèrent des étagères et se fracassèrent au sol.

—Le moment serait approprié pour me dire comment arrêter ça.

Dawn se tourna vers le cambrioleur et vit qu'il était plus effrayé qu'elle. Elle regarda le lion, et constata que son regard semblait moins menaçant qu'interrogateur. Pour la première fois, elle se trouvait assez proche et assez calme pour le remarquer. Sa peur commença à s'atténuer. Elle tapa des mains et le lion la regarda, la tête penchée sur le côté. Dawn tendit le doigt. Elle pointait le cambrioleur.

— Attaque !

* * *

— Est-ce qu'il est mort ? demanda Stacey.

— Non. Mais je l'ai laissé lui faire mal. Il est à l'hôpital.

— Est-ce que tu penses que c'était correct ?

— Je ne sais pas. Mais aussitôt que j'ai rappelé le lion, il est redevenu un tatouage sur ma jambe.

Stacey leva les yeux. Elle toucha le pansement improvisé sur son front.

— C'est bizarre, continua Dawn, mais Stacey ne répondit pas. J'entendis Dawn dire son nom plusieurs fois. Jasper s'empara du téléphone et fit semblant d'entretenir une conversation. Je m'approchai du mur de la cuisine et entendis Stacey qui montait l'escalier en utilisant la corde à nœuds installée à cet effet.

Dans la chambre à coucher, elle escalada une paire de chaussures afin d'atteindre le cadre de porte. Elle appuya ses talons contre le bois, tendit son index, plus petit désormais que la pointe d'un crayon, et le posa à plat sur le sommet de sa tête. Elle toucha le mur et ferma les yeux. Elle attendit un long, long moment. Puis, en gardant son doigt bien en place, elle se retourna afin de regarder. Le bout de son index reposait fermement sur la ligne du matin. Elle mesurait toujours soixante et un millimètres.

18

Ce soir-là, Stacey resta longtemps devant la porte de Jasper. Il ne pleurait ni ne gémissait, et ne bougeait même pas sous ses couvertures. Et pourtant, elle restait là. Puis, elle tourna le dos à la porte et s'éloigna.

— David, chuchota-t-elle. Je dois te dire quelque chose.

— Je suis dans la baignoire, lançai-je.

Stacey entra dans la salle de bains. Des bougies étaient allumées. J'avais également creusé une éponge afin de créer une sorte de fauteuil flottant pour elle.

— Embarque, dis-je en tendant la main.

Je ne saurai jamais pourquoi elle accepta. Peut-être était-elle encore hantée par les émotions que l'accident avait provoquées. Ou peut-être pensait-elle que, avec à peine quelques heures à vivre, la colère et le ressentiment étaient sans importance. Peut-être avait-elle simplement froid, et l'eau paraissait chaude. Je ne sais pas. Quoi qu'il en fût, elle se déshabilla et je l'aidai à monter dans la baignoire.

Stacey dut s'y reprendre à plusieurs fois avant de trouver son équilibre sur l'éponge. Des vagues la submergeaient presque si je bougeais le moindrement, aussi devais-je demeurer parfaitement immobile. Nous fermâmes les yeux tous les deux. Les bougies vacillaient. Stacey s'était assoupie lorsque, dérivant vers moi, sa nuque toucha mon bras. Je crus d'abord qu'il s'agissait d'une goutte d'eau, mais lorsque j'ouvris les yeux, je découvris que c'était elle.

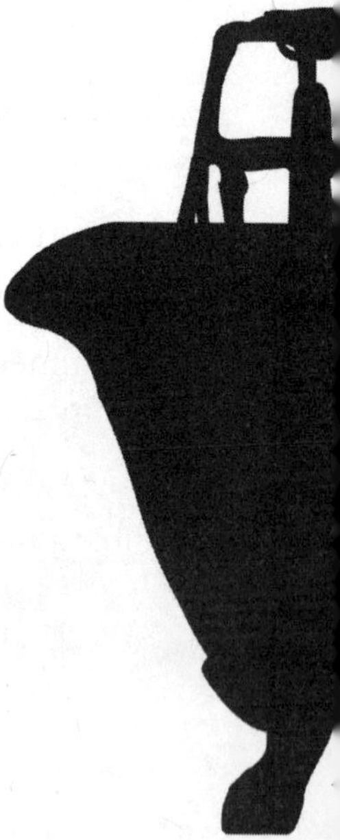

— Au moins maintenant, dis-je, on entre tous les deux dans la baignoire.

Stacey se mit à rire : un rire ni long, ni éclatant, mais sincère. C'était la première fois que je la faisais rire depuis qu'elle avait commencé à rapetisser, la première fois que je la faisais rire depuis bien plus longtemps que ça. Elle me regarda et sourit. Elle ferma les yeux et poussa un long soupir. De minuscules ondulations rayonnaient de l'éponge sur laquelle elle flottait. Je n'y prêtai pas attention. Stacey non plus. Il nous faudrait des mois avant de nous rendre compte qu'il s'agissait du moment où elle avait, de façon imperceptible, microscopique, mais indéniable, recommencé à grandir.

DÉJÀ PARUS CHEZ ALTO

Nicolas DICKNER
Nikolski

Clint HUTZULAK
Point mort

Tom GILLING
Miles et Isabel ou
La belle envolée

Serge LAMOTHE
Le Procès de Kafka et
Le Prince de Miguasha
(théâtre)

Thomas WHARTON
Un jardin de papier

Patrick BRISEBOIS
Catéchèse

Paul QUARRINGTON
L'œil de Claire

Alexandre BOURBAKI
Traité de balistique

Sophie BEAUCHEMIN
Une basse noblesse

Serge LAMOTHE
Tarquimpol

C S RICHARDSON
La fin de l'alphabet

Christine EDDIE
Les carnets de Douglas

Rawi HAGE
Parfum de poussière

Sébastien CHABOT
Le chant des mouches

Marina LEWYCKA
Une brève histoire du tracteur
en Ukraine

Thomas WHARTON
Logogryphe

Howard MCCORD
L'homme qui marchait sur la Lune

Dominique FORTIER
Du bon usage des étoiles

Alissa YORK
Effigie

Max FÉRANDON
Monsieur Ho

Alexandre BOURBAKI
Grande plaine IV

Lori LANSENS
Les Filles

Nicolas DICKNER
Tarmac

Toni JORDAN
Addition

Rawi HAGE
Le cafard

Martine DESJARDINS
Maleficium

Anne MICHAELS
Le tombeau d'hiver

Dominique FORTIER
Les larmes de saint Laurent

Marina LEWYCKA
Deux caravanes

Sarah WATERS
L'Indésirable

Hélène VACHON
Attraction terrestre

Steven GALLOWAY
Le soldat de verre

Catherine LEROUX
La marche en forêt

Christine EDDIE
Parapluies

Marina LEWYCKA
Des adhésifs dans le monde moderne

Lori LANSENS
Un si joli visage

Karoline GEORGES
Sous béton

Annabel LYON
Le juste milieu

Dominique FORTIER
La porte du ciel

David MITCHELL
Les mille automnes de Jacob de Zoet

Larry TREMBLAY
Le Christ obèse

Marie Hélène POITRAS
Griffintown

Margaret LAURENCE
Une maison dans les nuages

Patrick deWITT
Les frères Sisters

Serge LAMOTHE
Les enfants lumière

Isabelle FOREST
Les laboureurs du ciel

Andrew KAUFMAN
Minuscule

DÉJÀ PARUS DANS LA COLLECTION CODA

Alexandre BOURBAKI
Traité de balistique

Martine DESJARDINS
Maleficium
L'évocation

Nicolas DICKNER
Nikolski
Tarmac

Christine EDDIE
Les carnets de Douglas
Parapluies

Dominique FORTIER
Du bon usage des étoiles
Les larmes de saint Laurent

Rawi HAGE
Parfum de poussière

Lori LANSENS
Les Filles
Un si joli visage
La ballade des adieux

Catherine LEROUX
La marche en forêt

C S RICHARDSON
La fin de l'alphabet

Thomas WHARTON
Un jardin de papier

Margaret LAURENCE
Le cycle de Manawaka
L'ange de pierre
Une divine plaisanterie
Ta maison est en feu
Un oiseau dans la maison
Les Devins

Composition : Hugues Skene
Correction : Caroline Décoste
Conception graphique : Antoine Tanguay et Hugues Skene (KX3 Communication)

Éditions Alto
280, rue Saint-Joseph Est, bureau 1
Québec (Québec) G1K 3A9
www.editionsalto.com

ACHEVÉ D'IMPRIMER
CHEZ MARQUIS IMPRIMEUR.
LOUISEVILLE (QUÉBEC), CANADA
EN AOÛT 2012
POUR LE COMPTE DES ÉDITIONS ALTO

L'impression de *Minuscule* sur papier Rolland Enviro100 Édition plutôt que sur du papier vierge a permis de sauver l'équivalent de 9 arbres, 33 666 litres d'eau et d'empêcher le rejet de 510 kilos de déchets solides et de x kilos d'émissions atmosphériques.

Dépôt légal, 3e trimestre 2012
Bibliothèque et Archives nationales du Québec